句集

何をしに

矢島渚男

ふらんす堂

何をしに／目次

題字／高村光太郎

なにはがたみぎはの葦にたづさはる
舟とはなしにあるわが身かな

和泉式部

句集　何をしに

Ⅰ　水の秋

二〇一五年〜二〇一六年

二〇一五年

讃ふべき平和と医薬福寿草

山容は霞の中に襞の雪

みづうみのさざなみにのり山桜

菖蒲湯に齢寂しむことすまじ

湯の菖蒲頭に巻いてみたりけり

藻の花のあはれ流れて行かぬなり
相馬遷子家近く

さんざんな目に遇ひし蟻訴へず

卯の花腐し反戦のうた選びつつ

居酒屋に黒ソイ旨《うま》し早苗月

水母涼しマリンスノーをこぼしつつ

朝涼や白帯締めし蜻蛉飛ぶ
コシアキトンボ

山《さん》荷《か》葉《よう》双つ葉活ける実が四つ

連理草くはしきことは忘れけり

マンゴーの種埋めてみむ日の盛り

敗戦のころ魃《はつたい》に噎せにけり

国民学校五年、十歳

人間の天皇を見にゆきし秋
父と上田市営球場

新涼や真蛸の卵旨きころ

カラシニコフ冷房車内人を撃つ
8・21パリ郊外

西行のころ

海に清盛陸に秀衡望の月

秋深し地層組み合ふ城ケ島

芋貝に毒針の穴秋の暮

鬼燻《ふすべ》大きな烟上げにけり

ベルリンの壁の欠片に紅葉置く

雪国や笑ふ土偶に炉火のいろ

炉火恋うて土偶の肌を飾りしか
目を閉ぢて行く年にありもう戻れず
さめざめとありし屋根雪走り出す

二〇一六年

申楽の起りゆかしき年きたり

申年の猿と申され芭蕉翁

齢をとる龍宮翁戎貝

うつとりと花びら餅の牛蒡かな

冬麗のねずみの小枕とぞ良き名
ネズミモチの実

雪に埋もれ雪積むなにか作らむと

冬帝が第四惑星なりしころ

野兎の糞あたらしや父母の墓

さくらみなよけれど里の紅しだれ

法悦の恍惚に似て花の冷え
カラヴァッジオ画、マグダラのマリア

残花余花散花を遊行柳まで

霧が雲になりゆくところ朴の花

修験廃寺跡朗々と黒鶫

飯山市小菅

血塗れの鎧を蔵す梅雨の寺

上田市信綱寺

猿梨の両性花持つ賢さよ

ほどきたる藺草長しよ粽餅

老の涼しさアルゲリッチの連弾は

木賊に穂まこと土筆のお化けなる

溽暑の日永平寺僧律儀なり

つつましく永平寺での汗落とす

粟津

言霊も黴び「転進」し「玉砕」し

べろべろと皮膚融け落ちし被爆者忌

泳ぐなりかつては鰭の手足もて

盆花に蒲加へむとして転ぶ

ものもたぬ鳥獣虫魚水の秋

冬に入るからだを巡りゆく水も

老いるとは火とぼることか火の恋し

愛かなし劫初の銀河知りてなほ

大坂の陣を前に、中仙道長久保宿

信繁が娘託せし宿場冷ゆ

手摺冷たし幸村の遺子嫁せし家

東大寺

たましひを納めし筐や草の絮

ときに湧く荊軻《けいか》の思ひ木枯す

宗祇の書翰落手

田舎の冬かこつ宗祇の手紙かな

ビートルズも着し半纏よ襤褸《ぼろ》となんぬ

複製なれど

掛け晒す徽宗皇帝寒梅図

大《おお》祖《おや》の沖縄人《びと》と初日見たし

窓拭いてくれる孫あり煤籠

Ⅱ

光速を測つた人

二〇一七年～二〇一八年

二〇一七年

コーコッコ鶏の年なに起こす

米大統領にトランプなる者出づ

初座敷霊《れい》壁《へき》石《せき》に水呉れて

中国安徽省産出の奇石

梅一枝壁の雲母《きらら》が星のごとし

蒲郡・触れる水族館

一つ巌にウツボ幾種か皆仲良し

囚はれの高足蟹の甲羅撫づ

東京の大空襲忌浮薄に居

春連れて和蘭婦人土人形

残雪を挟み浅間嶺黒斑山

大海の鼓動へ雪解川急ぐ

厚岸《あつけし》の白貝美味しまだ雪か

䦆《たけなわ》や木五倍子《きぶし》の淡きくれなゐも

坊主沙魚登る古座川石ぞこれ

「奥の細道」と青畝が箱書した石

どこかしこ老人に化け花の冷

日々寧し昼のおかずは土筆にて

浜松にて

武器ヲステ楽器ヲトロウ森メブク

雨風に手をつなぐ術貝母《ばいも》咲く

赤ちゃんも沿道に出る花水木

松蟬やとぎれても径つゞくもの

ここにして芭蕉麋《び》塒《じ》曾良青葉谷

都留市にて講演

頭《かしら》高《だか》チビチビ葡萄園芽吹く

地に着きし枝から大樹小楢咲く

佐久市春日大川原　天然記念物

貧書斎探検にくる蜂のをり

水礫の外《そと》海《め》の凪の浜暑し
遠藤周作文学館

さへづりの鯨に緑龍馬の世
さえずりは鯨タンの刺身　長崎市丸山花月

冷酒酌むピカドンにうから失せし友と

かたつむり海から生まれきし形

人類は涼しきコンピューター遺す

完璧なＡＩコンピューターができたとき人類は滅亡する可能性がある
ホーキング

悔やむこと出来る生物猛暑くる

戦争は暑くひもじく埃つぽし

どぜう鍋待つときめきのありにけり

とつぷりと姿は見えず泥鰌汁

ひとつづつ席題の枇杷置かれあり

秋興の一景として火山噴く

万年茸つらぬく青き草があり

触角をそろへ露虫擬態せる

露虫や一寸の身を草の上

友岡子郷へ

秋灯に海の音する句集置く

根に吸はせ深海ブルー冬の菊

物神がヒトをほろぼす謎に冬

こがらしや宿木きみも雌雄異株

冬山に緑濃き苔頂けり

枯草は根で考へるハルハクル

柚子湯なり腰から下をねんごろに

クマムシと人間の知恵雪の中

熊虫は退化を択び生死超ゆ

一ミリ以下で透明、極小の動物。環境変化に耐性が強く乾燥しても仮死状態で生きる。世界の水陸に約三七〇種、日本に百種

二〇一八年

気化したき白髪頭へ初日さす

ともあれど年の朝酒祝ふべし

冬晴やこよなくといふ言葉湧き

昨日より明日美しく峯は雪
寒晴やいのち育むうたをこそ
炎青く鰭酒の味きまりけり

多喜二忌に重なり金子兜太死す
2・20

宍道湖と中海つなぎ水温む

刳《くり》舟の美保の双神幾春ぞ
美保神社　異母兄妹を祀る

まだら寒き伯耆白葱畑かな

雪護り伯耆大山黙深し

又兵衛の花見屏風に走る武者
岩佐又兵衛は荒木村重の末子

木遣響く焼け尽きし江戸興す唄

「港」祝賀会

鳥貝のちよつと黒めに味深き

美童なりし友と玉牡蠣啜る夏

恐しき頭落とされ祭鱧

武器は出ぬ縄文遺跡栗の花

妻入院

幾筋か道あり雨の山法師

よく忘れよく生きむとす丁字草

古代文明の人々

夏至定めあやしき死後へみな発ちぬ

転生へ糞ころがしの肢細し

「寒雷」終刊、二句

喪に服すことせざりけり楸邨忌

「あそこの店にいい土師器《はじき》がある。君、買っとけよ」

声いまもあるかに涼し破れ壺

日盛りの熊谷過ぎぬ兜太居ず

手押しポンプ子ども神輿に蹤いて行く

十五光年へだてし恋や星まつり

黒部峡アカショウビンの声ひびく

火星近づく赤翡翠はなぜ赤い

富山湾深し白海老しんじょ甘し

敗戦日ペリリュウ島の隠されし

悼　永井清彦

友の骨夏潮にすぐ沈みしと

「心に刻む」の訳語、不朽なれ

地底よりカムィ・コタンの崩れ秋

秋深みたり鳥の巣の絵本買ふ

秋場所や徳利投げの技も出て

高山村一茶館にて一茶について講演

烏瓜五つつながる蔓ちぎる

全山の黄葉のなか鼬立つ

友ならずや七味唐辛子缶の虫

疼き続ける廃原子炉のデブリ

光速を測りし人よ日向ぼこ

ニュートンの周りにいたデンマークの人、レーマー

古九谷の濃緑は雪深きゆゑ

Ⅲ

木偏の鳥

二〇一九年～二〇二〇年

二〇一九年

古りたりといへど猪突や年男

手本なき齢に入りぬ注連飾

宗達の松島の濤観初めに

顔赤き日本の猿初湯せる

年新た創造神に顔四つ
ヒンドゥー教の最高神・ブラフマン

初日さす皆神山にみどり児に
松代にて越年

マクスウェル以後の極微や冬ぼこり

この星も歪む球体龍の玉

内臓の胃袋のみを感じ冬

オランウータン老人に似る寒の入

寒に耐へ聖女ヴェロニカ犬ふぐり

ゴルゴタへの道でイエスの汗を拭った。学名に

君が代はとほき恋唄寒の梅

お日さまをあたためてゐる椿かな

ＡＩの世となるあはれ西行忌

クープラン・ラモーのロココ梅の園

京の春俵屋などはどのあたり

グランヴィア・ホテル14階

ぷつくりと河豚の白子や春灯

うららかに寄生木《やどりぎ》黄ばむ咲くらしき

アッカドの語が突然につくしんぼ

ほんたうに枯れてゐる木もありにけり

パンジーに蝶よぶ蝶の模様かな

まだ白き山にかこまれ山葵咲く
海水は苦しき水ぞ雁帰る
羽ふるふ小さな日雀小さな詩

巣を作りかけし小鳥よ何処に寝る

出口なき土龍の穴よ日の永し

涅槃絵とノアの方舟似るも楽し

われは

たどりつきし一つの精子朧の夜

極微からいのちはじまり豆ご飯

西行の片目つむれるさくらかな

MOA美術館蔵

人の世にともに迷蒙ゲーテの忌　3・22

星霞むことば喪ふ民のごとく

幼な木のすでに妖しき牡丹の芽

雪解けや甌《おう》穴《けつ》回る石うれし

屈原の自死不朽なり端午の日

わが庭に鳥の運びし蝮草

渓流が流され螢滅びけり

狐塚地籍

就中《なかんずく》極楽鳥の恋をかし

雌雄の標本を頂いて

求愛のサソリの踊見たきもの

精《せい》包《ほう》へ誘《いざな》ふ蠍ダンスはも

雄は精包を土に置き雌を誘ふ

越前や笹に螢の竹細工

竹婦人ありさうでゐてなきものよ

安宅の関

石碑灼け歴史の細部みな虚ろ

生き残るやさしき平家螢かな

溝川に幼馴染の螢たち

京鹿子鹿の子絞りにいそしめる

「梟」大会

姨捨に亡霊の句碑青鵐鳴く

吟行や葛の葉つぱで扇ぐひと

浮雲に自由なかたち麦の秋

ニンゲンハジメッシマスと蝸牛

梅雨のまにチョビ髭なんぞどうであろ

日付つけ小石集ひぬ夏座敷

瀧といふ水の歓び瞬時にて

ヒロシマのナガサキのひとりひとりの死

グレタ・トゥンベリさん

「大気を守れ」白夜の国ゆ鋭《と》き少女

椀に盛る田螺に千々の田螺の子

隕石を得て

流れ星拾ひしはアンデスの民か

12月4日中村哲氏　タリバンに暗殺さる

ナゼ殺ス砂漠ヲ緑化シタ医師ヲ

海明りあまねし氷見の年の宿

冬あたたか待ちくるる会あるある日なり

来る年のふくふくとあれ餅を搗く
ふくふくには予想外によいの意味あり

初日出る山がいつ時なくなりぬ
二〇二〇年

ヒト争ひ極地の氷溶けつづく

かなしみの億年の崖氷柱垂れ

寒の果て碧梧桐忌の祭られず　2・1

信濃追分　堀辰雄の愛せし半跏思惟仏

里人の歯痛の菩薩春落葉

けざやかに浅間の襞や雪解急

きさらぎに隠れて生きしデカルト死す

ストックホルムにて　2・11

田螺掘る鴉よ吾を怖がるな

光にはひかりを返し辛夷咲く

頂きに大王松の芯ぼやぼや

里川の鰍の変《へん》化《げ》鬼虎魚《オコゼ》

鬼虎魚食うベウイルスらに抗す

恋人のごと助手席に牡丹苗

逆さ霧川霧と逢ふ木の芽山

上田市太郎山と千曲の川霧が生む

アネモネや妻とアインシュタインの誕生日
3・14

葉を覆ひつくし真白し山法師

雷が去り行くやはり淋しさう

原爆の図

原爆の死体の山に生きゐる眼

昼寝する『チップス先生さようなら』

高三のときの英語教材、担任の菊池先生の訳が新潮文庫になる

当面といふ壁があり日々猛暑

化石にはならじと蛞蝓《ナメクジ》進化せり

われといふものは抽象霧の山

恩愛の絆に生きて菊の酒

波郷忌の酒熱々とあふれけり

声あげて落葉まみれの光の子

うつすらと雪きてゐたり雑木山

冬から冬へウイルスら意志あるごとし

蹴飛ばしたき年でありしよ注連を買ふ

梟　は　木　偏　の　鳥　や　森　の　中

Ⅳ

残人類　二〇二一年

二〇二一年

容赦なく新年となり疫つづく

酢海鼠を残人類としてつまむ

蓑虫の小さな束子壁に揺れ

冬の夜のリュートの調べせゝらげる
窶《やつ》れたる人類の厄落しかな
星界の旅人ガリレオ・ガリレイ忌
1・8

凍ての中よろよろとする脳があり

雪よ降れふるさとに住み果つるまで

涸れ川にいづこを巡り来し水ぞ

鬼胡桃落とし陽気な寒烏

跡形なき信濃の国府冬うらら

2021年2月　探査衛星火星に着く
兄妹の火星金星すでに死す

海底が山頂カンチェンジュンガ冴ゆ

下膨れなる文旦の座りよき

梅の木にウメノキゴケも春を待つ

鴇《トキ》窪といふバス停や梅苔む
小諸市郊外

顎の下から髭剃りはじむ梅の花

あたまにはけものの残る寒さかな

翼もて空気をしやくり春の鴨

穴居人のごとし窓から桜見る

見たきものよ渦潮に鯛浮くところ

縄文の春もかくやとアイヌの唄

鶴の唄　アンナ・ホーレを延々と繰り返す

修二会　二句

夜一夜《よっぴて》の炎の祷り二月堂

この星にさまざまな秘儀春の月

翁草いまだ産毛につつまれて

考へる形にいきみあたたかし

陽炎の見えなくなりし齢かな

ぱつぱつと海老根小さな花登る

籠に捨つバナナの皮も句の屑も

白無垢の梅花卯木は趙の花

巣燕ら黒き塊暗くなる

立葵あと一跳びで雨季終る

晩涼や大谷打つたか打たなんだか

寂しさを力ともせむ沙羅の花

炎天やことばに生きるほかはなく

全集に洩れたる会話楸邨忌

山家集に

慕はしき女体の仏玉簾

石の上の砂塵を集め岩擬宝珠

からむしの越後縮を着てみたし

龍胆や加舎白雄のおもひ草

龍胆の何おもひ草野は枯れぬ　白雄

髪の毛座星団の端天の川

芒らに喜びの風きてゐたり

居相撲の父へぶつかり行きしころ
母の名のおでんは二夜つづきでも
綿虫に口なくく恋をするばかり

田の下に縄文遺跡十日夜

入口に胞衣《えな》壺埋まる囲炉裏かな

津川絵理子さん

十二月孤心の句集とどきけり

たゞれもつれ紐なす銀河冬の華

ジャガ・バタに賑ふ広場雪の前
美ヶ原高原

まつたりと一服の茶や万年青の実

校了す冬あたたかな日々怖れ

『虚子点描』上梓

Ⅳ　海のミニチュア　二〇二二年

二〇二二年

黒豆の黒こそうれし闇の世に
枝々に白蛇のごとき雪積める
去年今年時は流れず積りゆく

わが初湯山のプールに横泳ぎ

マスクして耳の穴まで息とどく

尉鶲いつはり多き人の世に

水の神ありて火の神冬ごもり

冬の蟻黙す出口入口など塞ぎ

地の怒り雲へのぼるか冬の雷

原子なき暗黒物質《ブラック・マター》おもふ冬

厳冬やアボカドの種子堅牢に

瀧氷る懸命な刻青からむ

水白くたぎつ歓び初蛙

当地は挙兵の地なれば
義仲を祭る戯れ春の風

隠れ咲く春蘭に紅あえかなり

春白しうごかぬ雲と地の雪と

鶯や木たちと語り合ふやうに

風雅より風狂つよし糸柳

胎盤は海のミニチュア春の月

草青み山羊顎髭も食べさうに

沙羅の木に古巣が二つ雪残る

対岸の雉と歩みを合せをり

プーチン、ウクライナ侵略。
殺される理由もない。殺す理由もない。オノ・ヨーコ

小鳥の巣撃ち抜かれ吾深酒す

春の野ぞブーメランミサイルはなきか

フェイク・フェイク・フェイクシェークスピアの忌なりけり
4・23

地下壕に染めし卵を飾り母子

踏絵させられる人々いまの世に

あさつてはないかもしれず雲雀の巣

鷹よ行け音なく奴を引摑め

向日葵を蒔かうよ死者の数ほどに

啄木の死の枕辺に旅の友

4・13 牧水

老人はけむりあぢはふ鳥雲に

サピエンスには味わうの意あり

木を植ゑる人に人類重くあり

小さき蜘蛛糸より細き肢を張り

忘却を拒む天安門の忌の母たち

6・4

うなだれて居るな白日焼くばかり

祟りあふ民族の壁夏の月

鏡面を敵と思へる金魚かな

蟻地獄餓死するものの多からむ

素足突くドクターフィッシュたちいとし

血・汗・涙おなじ塩梅湊水も？

傘突いてドンファンといふ薔薇に立つ

にんげんの愛しさ銀河鉄道も

賢治忌　9・21

何をしにホモ・サピエンス星月夜

北詰雁人《かりと》

雁《がん》人《じん》と呼びし友あり奈良の秋

新小豆まこと丹波の大納言
加賀銘菓紫雲石

季何とは什麼われ山中に柿を食ふ

盛り上がる日暮れの早き牽牛花

菌《きのこ》無き石炭紀とぞ茸食ふ

松茸より黒皮といふ優れもの

地方名ウシビテ、苦みが酒によし

猿酒を見付けしサルを祀らばや

この年も暮れゆくささらほうさらと
百歳の姉へまゐらす冬りんご
そつと置くペアスケーター愛のやうに

にんげんは言葉で遊び枯葉の木
待つによき薪ストーブの炎かな

あとがき

二〇一五年から二〇二二年までの句を収めた。八十代に入って八年間の作品である。この時期の後半は世界を覆った疫禍で家籠りの日々が続き、地球の温暖化が進み、さらに戦禍が相次ぎ、人類は存亡の危機に臨んでいる。それらへの思いはおのずから作品に反映されているであろう。題名は〈何をしにホモ・サピエンス星月夜〉からとった。
私は、小さいが四季の変化に恵まれた島国に生まれ、ここに伝えられた極小の詩型に遊び携わってきたに過ぎないが、文明の危機を憂いつつ、それが杞憂に終わることを願うのみである。

この句集に並行して『新解釈「おくのほそ道」』（２０１７　改訂版２０１８角川書店）、『歳華片々』（２０１８　ふらんす堂）、『虚子点描』（２０２２　紅書房）、『身辺の記　Ⅲ』（２０２４　紅書房）を上梓できたことをささやかな喜びとしたい。

二〇二四年春

矢島渚男

矢島渚男（やじま・なぎさお）

1935年長野県上田市に生まれ住む。石田波郷に師事。波郷の死没後加藤楸邨に師事。1991年俳誌「梟」を創刊し現在に至る。古典研究に『白雄の秀句』『白雄の系譜』『蕪村の周辺』『与謝蕪村散策』『新解釈「おくのほそ道」』『歳華片々──古典俳句評釈』『虚子点描』など。評論集『俳句の明日へ』Ⅰ～Ⅲ、随想集に『身辺の記』Ⅰ～Ⅲなどがある。句集『百済野』で芸術選奨文部科学大臣賞受賞、句集『冬青集』で第50回蛇笏賞受賞。旭日章を受ける。讀賣新聞俳壇選者。

現住所：〒386-0404　長野県上田市上丸子399

句集　何をしに

発　行　二〇二四年七月二九日　初版発行

著　者　矢島渚男

発行人　山岡喜美子

発　行　ふらんす堂　〒182-0002　東京都調布市仙川町一―一五―三八―二F

電話〇三―三三二六―九〇六一　Fax〇三―三三二六―六九一九

ホームページ https://furansudo.com　E-mail info@furansudo.com

装　幀　君嶋真理子

印刷所　日本ハイコム株式会社

製本所　株式会社松岳社

用　紙　太平紙業株式会社

定　価　本体三〇〇〇円＋税

ISBN978-4-7814-1645-8 C0092 ¥3000E